町田康

くるぶし

ボンジョビ

あの時の愛と勇気と感動が今は呪ひとなりにけるかも

ゴミ箱に脳髄捨ててシャブ食うて鶏の爆発見ては逝く君

前世はステゴドンとぞ嘯いて調子合わせる夜の友達
息巻いて股立ち取って駆けつけて喚き騒いでパスタ食うなり

石川とシカゴを僕は股にかけ土盛りしてきた自信あるから

随喜してさぶろう者のその肩に霊の如くに憑きてある肩

ギトギトになっていくのか今治の無理しないボケどつきまわして

春山も破損しまくるボンジョビの予想もしない尻の入口

分度器を当てて測った尻子玉言葉の奥に春ぞ埋もる

反戦と非戦の谷に松植えて紅葉混ぜ込む国ぞ哀しき

知り合いに水だけ出して帰らせてその後わがは薄茶のむなり

春の山玉子の黄身に藤垂れて汚くなって捨てた弁当

ボコボコにどつき回したアホどちの背に坐す南無観世音

だんじりを脳に入れろよチチハルで仮払いすらなしと言う日は

くるぶしは俺の心の一里塚夜の心はみなの禿山

共感の乞食となりて広野原彷徨いありく豚のさもしさ

阿呆らしく偏頗な屑に跪き拝み続ける豚の利己主義

仲間どち盗んだ神酒に酔い痴れて畏き場所に反吐を吐くなり

飯椀に濁酒注いで飲む朝ＨＯＹＡのレンズも曇りがちなり

うどん粉にもり蕎麦混ぜて決める時神の赦しは已にあるなり

顔面にファー付け歩むエロガッパ夢の階エコの丸投げ

嫌々にガッパとなりし勤め人日本破壊の腕も僻けれ

股上に罫押し当てて分岐までよろぼいありく禿げのキリスト

信濃路に葱ぶちまけて富士の山三重のデニムの脚の短み

ほのぼのと桃割見つめその中に魚押し込む春のざわつき

泣きながら屋根ぶち壊す東京は砧リドミの支配する街

ルミちんは栗食べながら歩むのかほそく気高い自己をわたつて

この綿を君にあげると言ひながら釣りに出掛ける朝の苦しみ

脳髄の朝の渦潮うち渡り演劇的に虫は這うなり

捨ててこそ浮かぶ瀬もあれ紅梅の蕾の奥に猿の刻印

金券をもろうたけれど使わずに撒いて散らして祈りするなり

ポン中になつてもうたるおつさんのタックインした腹の奥底

ヘンリーの元の名前を知ってるか次の停車場次の停車場

惜しみなく猫にやれやれ近江牛顔のこすみも海のリズムで

鹿児島で中食とりて傷ましく御殿場的な天つミカエル

マンゴーの味に存する大年増マルジェラ履いて死ねと言うのか

先輩に銭投げつけて出よ善叫ぶ男の腰のひょうたん

人間は別珍食べて生きてゐるそんな主張を阿呆が言ふなり

山岡が頭巾かぶつて生きてゐる頭巾かぶつて生きる山岡

革命をやりたる故かほね堅くなりつる朝からだ曲がらず

豚たちと漬物食べて壱岐対馬もうこの事は言ふな喋るな

鈍色のダサい鉄下駄突きかけて己の中の豚の餌遣り

玄関に靴並べれば今までのダサい命も折れて崩れる

春霞右も左もわからずにただながらへて飯を食ふなり

炒飯を包んであつた牛の皮木靴で行つたアホの料亭

するめ屋で買うたするめが不味すぎて井戸にはまつて死んでまうなり

籾殻に顔を突き込みボコボコに殴るジャンボの腕の力は

木蓮を鼻に無理矢理押し込んで花の顔つくる阿呆かも

モカシン

どかんかれ汝こそどけや壺割るどすべてのことが枉惑になる春

支那鍋に炒飯作る日曜は休みといへど心やすまず

今日もまた群馬に生きて九回も泥染やつて走り去るかも

軍服で歩んでいけよ遠い道ユニセックスの裾もからげて

食べ物を口からこぼし泣きながらイドマヤ人のふりをするなり

豚革の服着て歩む青春は酢味噌の如き黝きものなり

出しぬけに贈答せらるマグカップ割りて漂ふ思惟の没薬

演劇が好きな人なら其の侭でゐろよ穢い花の坩堝に

変態をどつき回して海鼠腸の中より出る花のよろこび

ウルトラでどんどん行けよ紺ブレで山田と言はれ堺あたりを

何十も何百もある色合ひにこころよ狂へ元に戻るな

花柄は今も巷に流行れども俺は鉄無地行きて帰らず

その色のズボン穿いたら君は死ぬ散髪四度すれば助かる

別珍の頭巾をかむり行く人は心に葱を宿しけるかも

山村はスエズ運河を潰すから連れていかない次の旅には

床の間に籾殻撒いて痛ましく靴履く朝の服の色合い

焼売を帽子のやうに作り込みかむり微笑むアホぞかなしき

パッションはファッションなりきフルーツを尊き自己の豚に与へて

肉中に梅も沈んでそこここのすぐに離れる予備の弁天

市松の模様燃やして心より謝罪していた今の頼朝

こんばんはヒューマニティーの夢芝居トシヒコも食へ春の肉吸

股上に自己の言葉を巻き込んで玉襷かけ祈る春の日

人脳にタッセル付けて歩むなら理知乗り超える花も咲くなり

補助輪に轢かれて死んだ君なりき日本語からも遠く離れて

モカシンで歩んでいけばチンチラも笑ひ転げる山の細道

欲しければ自分の家の土間で吸へ星より速く犬は過ぎ去る

人間の暇な部分に布貼って必死のパッチ飛ぶが如くに
あかん子は阿寒湖に行けおぼぼしく淫らなジョンに命預けて

吉岡に鶴さしわたし身長を鶴を基準に測りたりけむ

敷島の道を間抜けが歩むなりほのぼほのぼとのの字抜かして

花越しに仇見つめて三通りにしばく算段友と磨墨

ええとこの子供と共に乞食して儲かる銭は等しかりけむ

子丑寅不眠の獣とらまへて復かへりこむ祭までには

北欧の国に憧れ虫食べて吠えて暴れて浸かるドブ風呂

町中のリボンだらけの命綱色に紛れる指の後先

貯蓄ゼロメインディッシュに麦混ぜて最高やんか春の炬燵は

噴き上がる真白き粉は俺の愛見ろよ馬乗りカモノハシだよ

月初め食べて尊いホッキ貝月の終わりの銭のタバスコ

懐に潰れた餅と長稲荷仕事に行こう知らん奴らと

靴下の微妙にうざいサイズ感バスの中から叫ぶケダモノ

寄り添いとケアーにほとぶ日の本に響く土民の調べ悲しも

首元に塩を塗り込む河馬の顔大砲撃つな水も与えな

鼻穴の豆や奇蹟もその侭にただ回鍋肉を食す二時ごろ

春先の伯母の踊りを見るなれば猿の祭りも楽しかるらむ

月末にべらべら喋る栗の山やめてくださいい気が狂います

股下にポンチョ巻き付け一人きりゴミ撒き散らし唱ふ讃美歌

たられば は人生からの贈り物馬酔木の花も月もゲームも

豚足を横ちよにかぶれ土民らが連れ立つて行く春の夕べは

張り裂ける胸を繕う木綿糸人間的に粗いステッチ

葛餅に栗揉み込んでしたり顔千林から変わる人柄

男なら裸一貫ど根性牛と闘え後ろ見せるな

Tシャツで自分自身を雲からげ安物を着て駄目になりゆく

期待せず一個買ひたる肉團子長持ちしろよ俺の平安

顔面に鳩押し当ててさいならと咳する君の姿形ぶたまん

酔ひ痴れて虹の彼方を眺むれば反吐の雨降る屑の思ひ出

この辻はひとりびとりの針中野楽して銭はもうかりまへん

山麓で阿呆が踊つた藤娘などて見てまう見ともないのに

あのあれは蒙古で買うたcamisoleわれ泣きぬれて偶に着ている

松ちゃんが無理に作ったかぐや姫竹に詰められ死ににけるかも

暫くはおまえの家の吊り戸棚開けてくれるなアレが居るから

キチガイのウクレレ漫談聞きながらコンガで拍子とるぞ淋しき

我こそはいと親身なる玉杓子金をもてこい救うてやるぞ

脱毛を死ぬほどやつて花の舞今は河童となりにけるかも

なめとんかチュッパチャプスなめとんかしばきあげんど人らしくしろ

シャブ食うて儲かりまつかと問ひぬればあきまへんわと返り來たりぬ

昨晩の宗右衛門町の氣まずさを誤魔化す朝のセット價格は

ソムリエに乳見せつけて嫌はれて仕方ないさと獨りかも寝る

スカスカの心捧げて津田沼で仁義忘れて狂ふ丞相

クリミアの革靴履いて厚司着て鹽で喰うのが粋と思うな

ポエジーも今宵限りと捨小舟波のまにまに揺れる韻律

鬼さんはこつちへ来いとオキシフル振りて奈落に突き落とすギャル

町中は蜜柑のような豚虐め泥して小鳩の露の命は

中目黒

ぶた肉を食べてゐるのか夏なのにこんな危ない橋を渡つて
ズルズルと命流れて十姉妹最後はどんなものになるのか

対面に座った方の鼻穴に樋差し渡し生きる活力

山岡はリボン作りの達人か平たく延びる予備の苦しみ

米櫃はボンボラだらけ文法に糠を混ぜ込むコメンテーター

日本の民主主義から揮発する天神地祇の祈り忘れな

百圓がシートの下に落ちてもて二度と取れない夏の暑い日

貧乏を心の奥にしまひこみ生きた男のしょぼい筋彫り

なにもかも合算すればバチバチの數字になると思ふ明け方

人間の尊厳捨てて栗ひろい四方八方ひとりころがり

実直に生きた男の純情は実家の壁に描いた草餅

服脱いで草大福も食べていた柔らかい蕎麦中に入れたい

もはやもうなにもしないでただ単に猫を眺めて死んでいきたい

全サイズXLに変えた夜心の箍もゴムとなるなり

人間よビットローファー履かば履け猫は素足で夜に踏み出す

肉として金で買われる霊魂を白ズボンにも入れてみたけれ

その事が嫌なら朝に鰤食べろうまいまずいを人に伝えな

イギリスで軍に入った酔っ払いヨーロッパから見える此花

無理矢理に村飛び出してツンドラをなめているのか海老のヘコヘコ

柄物に飛魚乗せて生臭く人を救うと吐かす商売

五分ほど迷うて買うた柏餅みんな悲しく自分なんだよ

道端に葡萄供へて急ぎ足墓も佛もなにもないので

全力で飯食べてたかぁの人はグングン迫る明日の締切

袈裟懸けに斬りつけて來い避けるから言うて斬られて死んでもたがな

童形の爺が顔面押し付けて笑う門より響く笛の音

また一人春に旅立つ男ありあの日の桜かえり見もせで

短めのリボンうどんにはめ込んで三十五歳汁を愉しむ

あの晩におまえが食べたホリゾント弁償代は今もはろてる

日帰りで入浴したい俺たちは既に裸で歩みをるなり

それ自体エンタメなんだわ曳舟の伯父と一緒に頽れいくなら

戀人を山に埋めて音樂は四日前から村に漂ふ

金の玉また引っ張って宵闇に紛れていった猿の憂悶

言ふだけの男と言はれ四年半なにもしないで玉の入れ替へ

月々の払い忘れてボンボラを振りてノリノリ阿呆の宴会

随身と兵杖つけて口コモン言ふだけでいい言ふだけでいい

やめてくれ頭の中の蝦支配満月からは誰も来ぬから

物陰で切符食べてたチンドン屋踊り踊れど影は動かず

近隣の土民集めて革命歌教へキレてる春のエリート

クスクスを食べてクスクス笑ふ日はきつと良いことひとつだになし

おれ達は已に世界の人権屋壊死した腕で鮎の友釣り

なにもかも夏とするなら貸座敷畳剥がれる老いのリビエラ

何回も豚に預けてルミネにも無茶苦茶された俺の相棒

見出し見てすべて信じて昂って松の廊下で鍋をする阿呆

阿呆ン陀羅しばきあげんど歌詠むなおどれは家でうどん食うとけ

気い狂て泥の沼から祈らなと呼ばう声する朝の苦しみ

ええやんかしよせん土民の群れやんか言うてほろびる頭殿さま

型枠にセメン流して顔つけて左のおとど五秒耐えてる

息吸うて死ぬまで生きろ息吐いて死んだら死ねよ見苦しくすな

新宿に四つ出来てた河童の輪もはや黒染み一夜明ければ

夜もすがらぼんじり詰めて朝ぼらけ盗掘される意味の墳丘

落武者に飯見せつけて食わさんと棒で殴って服と銭取る

この丘の私の好きな朝ぼらけ君に寄り添い財布抜き取る

寄り添うて地球に優しうする者の卑猥の心ひと知らずやも

この村に豚と生まれておぼぼしく生きていくのか栗を拾うて

イタリアで何も学ばず神奈川に還り来たれる聖かなしも

そのそれはあかく羨しいチンドン屋浮かぶ音曲迫る終局

きちがいが包摂したる麦畑腹の薄みをいかにとやせん

風呂中で月押し上げて千尋の谷に飛ぶなり米を呪うて

CELINEのバッグなのかな日の出よりずつと見てゐた君の裏側

人間の斜面の土砂は捨てておけ孤独を作る俺の角部屋

一般の肉の食べ方知りながら別のことする宇治の踊り子

押し込まれもはや平たい饅頭と月を二度見て長い崩落

圧迫を感じる朝は月見そば器の中で夜を続ける

同情と共感ぶりの眉野郎偽の鎖骨を見せて集金

すき焼きに栗入れるなと殴られて目玉はずれて仕事できずも

法律に根拠与える和太鼓をどつきまわして荒ぶ情感

おどおどと問い合わせして暑さにも負けて捏ねてるパンの行く末

学校に知能そのままこき捨てて社会で踊るおかめひょっとこ

釣り人にドブロ弾かせて鮎逃す環境家にも成りてみたけれ

予期もせぬ右京大夫の訪れに我泣き濡れて渋谷滅ぼす

民衆がパンを食べてるその横でフレッドペリー着てる超人

悲しみを他人の顔に押し付けてわがは成るなり森の妖精

躯体から滲み出てくるフルートで夜鳴きそば屋をするぞ悲しき

思春期のメンタルのまま鱧食べておらぶ図太き翁うたてし

自分からのこのこ行つた中目黑鑓ヶ崎まで屑の架け橋

頭腦より山尾なる者出で來たり說諭をすれど夜さり默らず

寿がきやに銃持ち込んで嫌はれて池の畔でひとりかも寝る

ベテランに葱打ち当てて鴨蕎麦も食ふなと言うた今日の新人

奥さんと子供が先に出て行つてルンバだらうかその踊りなら

徳さんと夜の夜中に栗ひろひ口押し当てて息深く吸へ

生肉

プログレに夢を感じた若人も地銀勤めの今はぼろ布

外人に伺ひ立てて褒められて卑屈に笑ふ土民悲しも

十万のグルカサンダルインスタの山峡わたる奴婢の歓声

厚揚げに命を懸けた男たち鶴にお菓子はあまりやるなよ

ブラジルの生肉だけを食べ続けあの日のサンバ鳴りて止まらず

俺たちを助けてくれよビジカジで樹海訪ふ都人どち

グルニエにツルゲーネフを連れ込んでコンビ組まうと言うた歳月

筋力を全部なくして鬱勃と漲るパトス行くえ知らずも

農村に移り住んだら気い狂たまた還り来む銭のししむら

すき焼きをどんどん詰めろプラチナの仏となって人を救けろ

当事者にすじ肉やってボンボラも無理に丸める屑の一生

北欧の男だらけの家の子に篦さしこんで会社つぶれる

諦めろおまえは神の残置物祈りとしての恥を楽しめ

ズボンからボンと飛び出た丸目玉ころころこんで行け夜の果てまで

西成の道でくびれた友達を見ない振りして過ぎた青春

道徳で人を追ひ詰めタワマンの雲居に集ふファリサイの屑

スポポンと茶の革靴を履く朝３ＤＫに続く六道

アミーゴはまずどついとくその後はリャマの瞳に問いを見出す

舊假名のうざみの中に宿る意思節度使だけが食べる炒飯

阿寒湖でおまへのこつちやと言ふ友をどつき回して沈めたりけむ

ぶらさげた信玄餅の馬鹿らしさそれを見据ゑて跳ねる若駒

その道は通行止めだ諦めろ海の底から呼ばう霊魂

スカスカの弁当箱は魂に刻み込まれた恥の印形

革命と川の氾濫好き過ぎてコンビニ行ってってズボン捨て去る

ボコボコにどつき回したへゲタレが上司になってもおて半泣き

ギトギトの胡麻団子食てそれからの人間までの遠い道のり

親友の国債盗み現金化遊興すれど祈り届かず

ノコノコと呼ばれもせずに顔出してグミ食べ何も言わぬ変態

自尊心満ち溢れてゐて晴れなのに雨合羽着て何も言はない

セルゲイと呼ばせてみたが鼻血出で今はハナコとなりにけるかも

泥沼に人を投げ込み立ち去つて肉は後ほど豚に与へる

はにかんで君が被った豚の皮鼻のまるみに淀む月影

舞踊する髭ぼうぼうの少女どち夢に溶けゆく腰の感覚

根本に土俵築いてだしがらに何を混ぜたら俺になるのか

人々がパイの実食べて生きる日々そのあちこちに神はゐやはる

人類の芋になりたい日曜日骨壺抱いて恥を味わう

結局は土民なんだよ日曜日眼鏡はずして見えた蓬莱

草柄の短いズボン穿くガイが異国の言語喋りよるがな

苦しみはそのままそこに置いていけ肉の缶詰四個持てゆけ

物陰でひっそり買うたアロハシャツ十分間は人のふりする

老少は不定祈りもそれぞれにどつき回し方も多様だ

今はもう合法的な肉うどん顔の遣り替え魂の宿替え

国民の布団増やして巻き寿司を配る政策人気凄くも

最近の河童だらけの正念場頭突きで割れる皿の哀れみ

正念場うち続くうち白シャツにマンゴーソース垂れにけるかも

ジミヘンに命預けた全員が日の出とともに去ぬる悪日

夕方の銀のはだえに汁飛ばす貴金属より白い衝動

唐様のデニム着てなお日の本のこころ忘れな夢の踊り子

御奴が技能学んでパンパンと飲んで暴れてうった柏手

六月の女の中に祀られる赤き鳥居が揺れる毎日

ジャケットは未来に向けた投資かや千鳥格子は首を苛む

月々の払い今だにノコノコと持っていくのか口の中から

食ひ過ぎた貧民街の肉うどん時限を切つて滾る畜肉

木下とたつた二人でだんじりをやつた苦しみ誰が知るのか

情慾が気になるならば酢橘かな言うて微笑む赤い詐欺漢

マシュマロを六個も食うてその後に和風になつてドンと突き刺す

平塚は豚の香りに包まれて千の仏頭万の物権

草笛を吹いて冷たい犬の顔顕になった壺の置きどこ

ラーメンはあまり食わぬと豪語して闇に消えてく海のリズムで

箪笥をドンと吹け吹け小一で鼻ひん曲げて肉のズボンで

尻子玉

アダージョと言うて誤魔化す時の崖二度と行かない君の町だが

鶏の穢い肚の床の間の贋の軸から垂れる液体

ふざけるなおまへそれでもうどん屋か先祖代々俺は石屋だ

人間はある種のヨークシャーテリアだろいつさんに駈く二十六年

嫌になる無茶苦茶旨い椎茸は七百圓か味の傲岸

後ろ手にリボン渡して六分後右の視界に鳴り渡る鐘

着流しで凝と見てゐた観覧車まんま昏れてもよいのですよと

気に入りのアイテム捨てろニベア塗れ映画を見るな眼鏡忘れな

諦めて花の根元に花置いて筆に任せて祈り出す愛

魂がベロアになって頽れるもう諦めて夢に流れる

俺たちの自主制作の観覧車二十五周で横に斃れる

ムチャクチャに襟ぐり開いた服だけが君を救ふと言うた痴れ者

父親が散髪に行く日曜日俺は一人で鯛を煮てゐる

人の為うどんを作る歳月に別れを告げる午前二時頃

饅頭をリボンでくるみヨチヨチと歩む闇路に植えてある花

欲しいなあ花も勇気も分度器も情緒の海に溺れ沈んで

花活けて横に巻き寿司現代詩捨ててしまつた夢の置き床

差し入れのカヌレひとりでみな取つて土に並べる美しき人

築山にボンジリ投げて喚くのか真面目に生きる人の後ろで

マイケルと自分だけならボンジリで他に居るなら黒の舟唄

迷惑か？　俺は男だマンナくれ夏場体調崩すかもです

法律にリボン結んで花添へてあり得ないこと言うてエモがる

花柄の六法全書繙いて隙間に集う色魔悲しも

紫陽花を主食にしても苦しみは残ってしまう鶴を見てたら

今はもう花も嵐も色褪せて昼寝するより凄いことなし

今よりは姫路に行けばなにもかもうまくいくはずパンも旨くて

代官が素手で砕いた石畳破片集めて鳥を象る

残骸と愛を語らい来週へ揺れながら行く白いひとがた

本当の姫路の凄さ知る者は言葉の鍋に闇もぶち込む

全力で壁に向かつて駆け出して脳撒き散らし闇の色刷り

おつさんの朝の歩みは誓ひなりはじけ飛んだる朝顔の種

人間の肌の色艶苦しめよ稜線の濃い夏の盛りは

囁きに狂ひを誘ふ響きあり耳の奥地で割れる水甕

婚礼で人骨笛を吹き鳴らし離縁されたる闇の花嫁

彼の方と髻うつて田の中へ落ちる瞬間見えるごくらく

自分には会員番号いまはなくただ真つ直ぐな道があるだけ

朝顔は咲いているのか栗山とクアトロ行ってライブ見る間も

今月はリボン尠くしてくれよ自分らしさも豚に渡して

もみあげに鰤ぶら下げて生きるのか照り焼きなのか日々の食事は

もう嫌だしばき回すぞあほんだら品川からはなにも見えない

置床を土民の前に置く刎れ毛虫鉛筆ティッシュ丸髷

東京のお金持ってる人たちは短歌作って遊び暮らすか

友たちは毛生え薬を酌み交はし互ひの指の先を見てゐる

行楽は暴力なのか中津から千里に向かふ人の行嚢

水上で馬肉を食べる楽しみを誰が知るのか誰も知らない

ゆつくりと歩む狂気に祭神が与へる罰かチェリー凡夫は

気い狂てアキレス腱をわがで切り這うて行こかな君の近傍

わたいはな蚕だんねんズワイガニ見習ひたいね蓑虫の夢

背へよ病んだ田螺の暮方を山でひとりで盆踊りして

自分だけおかず食べてたおつさんが死んでまいよた脳が腐つて

突き指が趣味だと言うたあの人もいまは入間でゴミを食べてる

団栗は後輩にやれしみじみと秘術尽くして俺は男だ

炒飯は先輩にやれほのぼのと奇術学んで儂は女だ

今晩の寸胴鍋に蝦いれる十五年間夢を見てゐる

レーズンのヘタ目に入れて強欲に主張してくる婆のぢごくみ

煉獄に寿いれてカルバンと水掛不動拝む今般

朝顔に水遣る度に鮒として生きる決意で吠える病犬

その結果臙脂の豚が生まれたら事後承諾で平家滅ぼす

二時頃にもう何もない夏の飯体脂肪率測るさびしも

そそくさと盗んでいきたい鮎の菓子もうなにもない夏の四時頃

菓子盗みポイント貯めてお多福とラブホ行くなり夏の暑い日

スカスカの弁当悲しバス停で傾いて読む饗庭篁村

明け方は顔と名前をシールして夢と思考と花の植替え

真夏でもバブアー着てる痴れ者を称賛してた屑のおもかげ

花に盛るマンゴープリン旨すぎた総務部長は鰡を見ていた

埴輪から滴り落ちるとろろ汁静かになつた腹の波打ち

追ひ詰まり勉強始め間に合はず小人になつて還る山道

波止場には鳩は居らない公文所で苦悶している名越朝時

世の中におもろい人はもう居ないアホの飴菓子水色の傘

意の中に図を書き込んで志を挫く葛の欺瞞が覆ふ廃屋

トボトボと甲冑まとい炎天下歩む男の今日の運勢

牛革のハーフパンツでママＯＫ素麺でいいビステキもある

最近はもう大体がリボ払ひルルルと言うてしのぐ八月

タクシーがこない真夏の勘所真っ直ぐ続く白い県道

元々のボインの事は共産の理想に燃えて遁辞するなり

人々は何十回も栗拾ふ燃料のない森の中でも

桃売りは今日も一人で傾いて白いご飯を全部食べない

目を捨てて乞食やつてるクズ女腐乱したとて構ふものかや

作るなよ自在自由に作られろ豚に生まれろそれが歌やぞ

風呂敷は豚にやれやれ惜しみなく中元もない夏の終わりは

朝なれば桃を食べ食べ行く道が茨の道と神は言ふなり

支那鍋に栗百五十も敷き詰めておまへの寫眞そこに入れたる

肛門に壺押し当てる店舗から呼ぶ声すなり三日遅れて

見てくれな俺の無惨な乳首透けユニクロ行けど襯衣もあらへで

村人のズボンの中に猫入れて何の楽しみ其処にあるのか

ソックスを土民に履かせ軽やかに湯茶も無料の安芸の宮島

山道に秋は仰山花咲いて二重カッコに入る年寄

今西が肉を売り出す日曜日豚は知らずに蜘蛛を見てゐる

モーテルに乳飲み子棄てて乳も棄て繦穿き込み國をしぞ念ふ

おのこらが何も言はずに尻子玉ズバズバ出して歩む細道

隙間へと意味落とし込む宵の颪いたくな吹きそ森の侏儒に

天の原ふりさけみれば春日なるアンガス牛に出し月かも

歌集　くるぶし

町田 康（まちだ こう）
昭和三十七年、大阪府堺市生。作家。
高校卒業後、歌手を経て
平成八年小説に転じ現在に至る。

くるぶし

二〇二四年三月七日　第一刷発行

著　者　町田康
発 行 者　木村綾子
発 行 所　COTOGOTOBOOKS
〒一五四-〇〇一七
東京都世田谷区世田谷
一-一二-一〇-四〇一
hello@cotogotobooks.com
https://cotogotobooks.com
装　幀　佐藤亜沙美
印刷・製本　シナノ書籍印刷株式会社

ISBN 978-4-9913319-8-5